-헬로비너스 나라-

예

답지현

PHOTO ESSAY

PHOTO ESSAY

SBS 「수상한 파트너」 제작팀 지음 | 권기영 극본 | 박선호·정동윤 연출 | 김하나 사진

위즈덤하우스

노 지 욱
지 창 욱

"은봉희한테…
보호자적 감정 같은 게 생기네요, 짜증나게."

머리가 좋아 마음만 먹으면 뭐든지 할 수 있는 남자.
범죄와 싸우다 돌아가신 아버지를 닮고 싶어 검사가 됐다.
피도 눈물도 없는 자백률 1위 검사이자 변호사가 뽑은 최악의 검사 1위.
승진도 명예도 관심 없고, 그저 정년까지 현역으로 일하다가
법복을 벗는 게 유일한 꿈인 그가
그 여자 은봉희를 만나면서 인생이 제대로 꼬이기 시작한다.
첫 만남부터 치한으로 몰더니 수습검사로 재회하고도 뻔뻔한 이 여자.
그런데… 이 이상한 여자를 자신도 모르게 자꾸만 감싸게 된다.

은봉희
남지현

"살다가 힘이 들면 가끔, 살다가 숨이 막히면 가끔,
휴식을 취했다. 바로… 당신을 보는 것."

아이큐 101, 태권도 유소년 대표로 어린 시절 운동만 했지만
변호사를 꿈꾸며 독기와 깡으로 공부해 고시에 합격한다.
사법연수원에서 만난 남자친구 장희준의 배신에 치를 떨던 그날,
그 남자 노지욱을 만난다.
치한으로 오해한 첫 만남, 땅속으로 꺼져버리고 싶은 순간 내밀어준 그의 손,
그리고… 지도검사와 수습검사로의 재회.
지욱과는 악연이라 생각했던 봉희 앞에 상상할 수도 없던 불행이 찾아오고,
세상 그 누구도 그녀를 믿어주지 않던 순간…
그 남자 노지욱이 그녀의 유일한 히어로가 된다.

지 은 혁
최 태 준

"변명은… 고작 이거야. 내가 먼저였단 거.
뻔할 뻔자 같은 스토리."

지욱과 평생을 함께한 친구.
그리고… 유정을 먼저 사랑한 사람.
유정에 대한 마음을 접지 못해 지욱에게 지울 수 없는 상처를 남긴다.
과거의 자신을 자책하며 끊임없이 지욱에게 화해를 청하지만 번번이 거부당한다.
지욱의 곁을 맴돌며 그의 눈에 띄려 용을 쓰던 어느 날,
한 여자의 변호를 맡아달라는 지욱의 전화를 받는다.
늘 허허실실 웃지만 누구보다 외롭고 쓸쓸한 뒷모습을 알아봐준
봉희와 친구 같은 동료가 된다.

차유정
권나라

"떠나고 보니까, 헤어져보니까… 그래도 너더라.
갈증 나 죽더라도 네 옆에 있고 싶더라."

은혁과 함께 지욱의 평생을 함께한 친구.
그리고… 지욱의 첫사랑.
지욱을 너무 사랑했고, 그래서 늘 돌아오는 사랑을 부족해했고,
혼자만 애타는 것 같은 시간들을 견디다
결국 지욱에게 씻을 수 없는 상처를 안긴다.
유학 후 선호 지검으로 발령받아 지욱, 은혁과 재회한다.
지욱에게 돌아가기 위해 뻔뻔한 나쁜 년이 되기로 결심하지만,
지욱의 집에서 나와 다정하게 팔짱을 끼는 여자와 마주친다.

우린 아무래도…

운명인 것 같아…

악연

01

지하철 타면
열 번에 한 번은 꼭 만나더라.
반가워요.

만났다고요, 나를? 나 알아요?

네, 아주 잘 알죠.
덕분에 변태 트라우마가
있거든요, 내가.

대체 무슨 근거로, 날 어딜 봐서 그렇게…

댁처럼 번지르르 양복 입은 엘리트 변태, 한둘 본 줄 알아요?

누굴 속이려고. 나 치한 감별사거든?

누구라도 좋으니 날 여기서 데려가줬으면…

아니, 차라리 내가 영영 사라져버렸으면…

그 순간,

그 여자의 간절한 그 기분을 알아서…

쓸데없는 짓을 해버렸다.

나랑… 잘래요?

좋아요. 잡시다.

다행이다. 젊고 좀 생겨서.

뭐 해요? 갑시다.

혹시나 해서 하는 얘긴데
길 가다가 아무하고나 함부로 부딪치지 말아요.
진짜로 자자고 덤벼드는 미친놈 많으니까.

이거… 일부러 놓고 간 거 같은데?

뭐야… 아는 얼굴이라고, 반갑잖아요.
아무한테도 전화 한 통 문자 한 통 없고
나 너무 왕따 같고 외롭고 그랬는데.
고작 좀 아는 얼굴이라고 뭐 이렇게 반가워.

뭐 역시, 일부러 놓고 간 게… 맞아요?

그럴지도요?

사람들이 그런 일을 당하면요,
다들 착각해요.
내가 뭘 잘못했나? 실수했나?
아니면 내가 후져졌나? 지루해졌나?
내가 뭘 거슬리게 한 건가?
내가 그 마음 잘 알아요.
내가 그랬었으니까.

아니, 잘못은 우리가 아니에요.
배신한 그 사람들이 잘못한 거야.

처음이라…고?
우리 어디서, 본 거 같기도 하고?

글쎄요…?
전 잘 모르겠는데.

혹시 지하철 6호선 자주 타요?

아뇨.
전 주로 버스나 도보, 자전거를 이용합니다.

내가 지금 지도검사,
그리고 그쪽은 시보,
수습검사라는 걸 인지하고 있는지
아주 궁금하네요!

네, 인지하고 있습니다.
저 아주 망해버렸다는 거.

나 가혹한 검사니까, 제발 피의자로만 나타나지 마.

이상하게 안 보이면 귀도 잘 안 들리는 거 같아요.
검사님이 어떤 표정인지 모르니까.
어떤 마음인지 어떤 생각인지 도통 모르겠어서.

검사님 저 믿죠?
전 검사님 믿어요.
검사님이 날 믿는다는 거.
검사님이 내 편이라는 거.
현재 나에게…
유일한 동아줄이라는 거.

내가 미개해졌다고.
사이비 땡중 말을 믿으려고 하잖아.
은봉희 너 때문에.

만나면 알 거라더니… 이제 알겠어.

바로… 은봉희 너야.

…악연.

너…

다시

내 사람 되라

02

2개월간 네 사수이자 보호자…
비슷한 입장에 있던 사람으로서
네가 꽤 걱정이 됐던 건 사실이야.
근데, 여기까지.
더는 아니야.
그러니까 제발 사고 치지 말고,
안전하게 살아.

저 꼭 단서 찾을 거예요.

범인 찾을 거예요.

그럼 검사님 찾아갈지도 몰라요.

그건 괜찮죠?

성공하고 멋져서서 은혜도 갚을 거예요.

꼭이요.

악연 아니고, 좋은 인연으로 찾아갈 거예요. 꼭.

살다가 힘이 들면 가끔
살다가 숨이 막히면 가끔
휴식을 취했다.
바로…
당신을 보는 것.

근데 왜 존댓말 쓰세요?

그땐 내 사람이었으니까.
근데 그 기간은 딱 2개월 안 본 지는 2년.
고작 그 2개월짜리 인연으로 계속 말을 놓는다는 게
더 이상한 거 같은데요.

이상하다기보다 거리감 느껴지니까.

거리감이 느껴지는 게 당연하죠. 거리 있는 사이니까.

변호사가

자기 의뢰인을 패면 안 되잖아?

매우 몹시 아주 신나고 즐거워 보여, 은봉희 씨.

당연한 거 아닌가?
지난 2년 동안 꽁꽁 숨어 있던 범인이 내 눈앞에 나타났는데.
잡아서 누명 벗을 기회가 생긴 거잖아요.

날 위해서도, 울 엄마 위해서도,
그리고 나 때문에 검사복 벗은 변호사님을 위해서라도…
결론은 너무 좋다고요. 범인이 나타나서.

그래.

꼭 잡아, 범인.

…같이.

네?

같이 잡자고, 범인.

은봉희한테…
보호자적 감정 같은 게 생기네요,
짜증나게.

별로 안 짜증나 보이시는데.
신나거나 재밌어 보이세요, 되려.

아, 설마요~
평탄한 생활은 다 물 건너갔는데 뭐가 신납니까, 제가?
은봉희랑 엮이는 거 너무 싫어하는 거 잘 아시면서.

은봉희가 없던 지난 내 2년은
아주 안전하고, 평온했다.
어제와 오늘의 경계가,
오늘과 내일의 경계가 흐린
어제가 오늘 같고, 또 오늘이 내일이 되는
그런 하루하루.

그 누구도 날 침범하지 않고,
나 역시 그 누구도 간섭하지 않던
평온한 날들…이었는데.

은봉희를 만난 뒤 모든 게 엉망진창됐다.

스토커를 만나고,
범인이 나타났으며,
내 공간을 침범당했다.

위험하고 피곤하지만,
심심하진 않은
은봉희와의 하루.

너… 다시 내 사람 되라. 나한테 취직해.

인류애,

그리고

인 질

0 3

장도 직접 보러 오시고 그러시는구나?

내가 직접 장을 안 보면
누가 장을 봐서 너를 먹여 살렸다고 생각하지?

그동안 나 엄청 극진한 보살핌을 받았었구나.
이 은혜 어떻게 다 갚아요?

뭘로 갚을지 무서우니까
굳이 안 갚아도 돼.

저 로펌 그만두고 사무실 차리는데요.
사무장이 필요합니다.
딱 방 계장님 같은 분이셨으면 좋겠습니다.

지금 저 스카우트 하는 거세요?
여기 사표 내라고요?

아니요, 저 그런 말 한 적 없는데요?
그렇지만 나의 사무장이 있다면
꼭 방 계장님 같은 분이셨으면 좋겠네요.

어쩌란 거지?
나 어떻게 해야 돼?

너무 쉽게 포기하는 거 아냐?

하나도 안 쉬웠는데.
일이건 사람이건
포기하는 게 얼마나 어려운데요.

이해가 안 가.
쉬워도 하지 말아야 할 판에
어려운데 왜 포기를 하는 거지?

타협해야 할, 시점이 오니까.

그럼 내 제안은 거절하는 건가?　　　　　　　　　　그거…
나 까였어?　　　　　　　　　　　　　　　　　　　주사 아니었어요?

표정이 안 보이니까 알 수가 없잖아요. 장난인지 아닌지.

아니네, 장난.

제안은 감사하지만, 거절할게요.

저… 용기 내서 포기한 거예요.

가면 또 변호사님한테 민폐고 신센데

저 그럼… 너무 염치없잖아요.

네가 특별한 건 염치가 없어서야.
근데 네가 염치를 갖고 안 뻔뻔해지면
남들하고 다를 게 뭐가 있지?

내가 까먹은 게 하나가 있는데
은봉희 너는 민폐고 신세 맞아.
근데 그게 전부는 아니야.

…인질.

넌 인질이야.

네가 내 옆에 있어야

범인이 나타났을 때 내가 잡을 수 있지.

인질이 이렇게

로맨틱하고 섹시한 말이었다니.

애기 좀 하자.

나한테 시간 좀 주라.

비켜.

싫어.

내가 때늦은 변명을 좀 하고 싶어.

너무 늦었어.

더 늦지는 않게 해주라.

먼저 주먹 들면 쌍방인 거 알지?

그렇지, 정당방위 성립되려면…

선빵 맞아야지.

맞은 만큼 돌려줘도 안 돼.

애네들 전치 3주 이상 나와도 안 된다.

많이 때리지 말아라.

근데 그거를 입증해줄 CCTV가 없어.

　　　　　　　　　　그렇다면 결론은…

고딩들이랑 붙어서 쌍방 입건되거나 아니면은…

　　　　　　　　　　정정당당하게…

변명은… 고작 이거야.
내가 먼저였단 거.
뻔할 뻔자 같은 스토리.

마음을… 접을 수 있다고 생각했어.
접었다고 생각했지.
근데… 실패했어.

못 접었고,
그게 다야.

생각해보니까…
변명할 여지가 없다, 지욱아.

평생…

용서도 없어.

…알아.

그럼에도 불구하고 내가
은혁이를 내치지 않는 건
그리고…
유정이를 마냥 미워할 수 없는 건
그들이 내…
평생이기 때문이야.
유일한…
내 친구였기 때문이야.

시작되지

않은

시작

04

시작의 사전적 의미는 이렇다.

어떤 일이나 행동의 첫 단계.

혹은,

어떤 감정의 첫 단계.

취해서가 아니라
기분이 좋아서 업됐다고요.
제대로 말씀 못 드렸어요.
감사해요.

(막다른 곳에 서면…
꼭 구원해줬어요.)

일로 갚아.

진짜 진짜 잘할게요.

그래 더 잘해라.

무슨 일이야?

별일 아니에요.

괜찮으니까 얘기해.

암말 안 하고 싶어요.

괜찮겠어?   네.

됐어. 그럼.

헐~ 미남계 안 통했다.

미남계 안 썼거든, 나 지금?

여친인 척했다고 그렇게 구박하더니,
뭐예요?

그냥 뭐…
나는 내 부하직원을
거짓말쟁이로 만들 수는 없으니까.

그 뭐랄까.
네가 뿌린 씨앗을 내가 다
거둬줬다고나… 할까?

●

좋아해요.
나… 변호사님 좋아해요.

나…
좋아하지 마.

나는… 이 순간을 후회할까?
시작이 두려워 아예 멈춰버린 지금의 날,
후회할까?

언제

부터였을까…

어디서부터였을까…

0 5

그러지 마세요.
좋아하지 말라 그랬으면
이렇게 잘해주면 안 되죠.
도와주서야죠.

나 변호사님 말 잘 들어서
좋아하지 말란 말까지
들으려고 하는데
이렇게 계속 잘해주면,
제가 힘들어요. 착각해요.

저… 변호사님 좋아하기 전으로
리셋하려 해요.
검사 시보 때로.
그니까… 이러지 마세요.

다 벗기려던 건 아니었…

그니까 내 말은

넥타이만 풀어주려던 거다, 그런 건데…

난 왜 이렇게 맨날 말이 꼬일까요.

정말… 넥타이만이었어요.

믿어주세요.

은봉희, 미안한데⋯
5분만.
5분만 옆에 있어줘.

저는요… 의뢰인이 너무 싫어요.
결백하지 않은 의뢰인, 정말 싫어.
근데요, 결백한 의뢰인은 더 싫어요.
부담스럽잖아요. 못 풀어줄까봐.

죄인이 사면되면 판사가 유죄, 라는 말이 있다.
죄인이 사면되면 그를 풀어준 판사, 검사, 변호사
모두가 유죄란 뜻.

만약에 내가…
죄인을 사면해준 거라면.
바로 정현수, 당신.

은봉희 너 근데 진짜…
대체 생각이 있는 거야, 없는 거야?
아니 어떻게 혼자 이런 데 올 생각을 했어?
생각이 없어도 좀 정도껏 없어야지.
너 온갖 사건 사고들 다 겪었으면서…
너 만약에… 너 만약에,
너한테 무슨 일이라도 일어났으면
어떻게 하려고 그랬어.
너 어떻게 하려고.
나는, 나는 어떻게 하라고.

진짜 은봉희 너는…
너는 문제야. 골치야.

미안했어.   진심이에요?

어. 진심이야.

어디 봐봐요, 진심인가.

…진심이네.

어느 시인이 말했지.
시작은 대체로 알겠는데 끝은 대체로 모른다. 라고.

나의 경우는 반대였어.
짧은 인생 속에서 난 몇 번의 끝을 겪어내야 했고,
끝이 두려워 시작을 망설이게 된 난…
너에 대한 나의 마음을 깨달은 순간,
너로부터 도망을 쳤지.
비겁하게도.

그리고 실패했어.
왜냐하면 이미 마음은 저 혼자 시작되고 있었기 때문이야.
그저 깨달음이 늦었을 뿐.

언제부터일까.
어디서부터일까.
너무 늦게 깨달아 시작점을 알 수가 없다.

그저…
지금 내가 아는 단 한 가지는
도무지 알 수가 없고,
도무지 멈출 수 없는 너와의 시작이
시작되었다는 것.

이

잔인하고

유한한 시간 속에서…

06

우리 이런 거… 처음도 아닐 텐데요, 뭘.
몇 번째인지도 모를 그런 걸로
이렇게 크게… 마음 쓰고 그러지 마요, 우리.

아니? 아니야.
난 쓰여.
은봉희, 나는…

나, 변호사님이 시키신 대로
온 힘 다해서 마음 접고 있어요.
아니, 접었어요.
이런 사고 같은 상황 때문에 마음 흔들리고 싶지 않고,
흔들릴 예정도 없고요.
그럼 제가 너무 힘들 거거든요.

나는 지금 되게 좋아요.
이렇게 평온하게 숙식 제공해주는 회사에서
월급 받으면서 일하는 것도 되게 꿈 같고, 무슨 복인가 싶고,
같이 일하는 사람들도 진짜 너무너무 좋고.

변호사님이 거절해줘서
차라리 다행이다, 라고 생각하고 있어요, 저는.
진심으로.

그냥 딱, 이렇게…
오래오래 있고 싶어요, 저.

널 밀어낸 걸 후회하고 있어.
되돌리고 싶어, 라고 말하려고 했는데.

어제는 은봉희 너 혼자 말했으니까
지금은 나 혼자만, 말할게.

먼저… 사과할게.

내가 이런저런 이유로 내 마음을 너무 늦게 깨달았고,
또 겁을 냈어.
이렇게 말하면 변명 같겠지만
너한테 내가 충분하지 않을까봐, 두려웠고.

내가 지각을 하는 동안
너는 나에 대한 마음을 다 접은 거 같고,
그래, 좋아. 너의 그 의사 나는 충분히 존중해.
그러니까 내 말은
다시 마음을 돌려달라, 다시 나를 좋아해달라,
이런 얘기를 하고 있는 게 아니야.
내가 너를 존중하는 만큼 너도 나를 존중해달라는 거야.

그러니까… 즉,
내가 너를 좋아하게, 내버려두란 얘기야.

나 너 힘들게 안 할게.
네 평온한 생활 절대로 방해 안 할게.
그냥 이렇게 지내다가 어느 날 갑자기 네가 마음 내킬 때
그때, 마음 돌려줘. 그때 나, 봐줘.

기다릴게.
천천히 와.

이번엔 제대로 기다려봐요.

이번엔 7분 가지고 안 될 거예요.

기다리다가 늙어 죽을지도 몰라요.

은봉희, 은봉희 너 괜찮은 거지?
너, 무사… 무사하지?

왜… 왜요?
내가 꿈에서 죽기라도 했어요?

모르겠어.
누군진 모르겠는데, 누가… 누가 다쳤어.

좀 자요.

5분만 옆에 있어줄게요.

오해하지 마요.

…인류애.

사람들이 복작대다가 갑자기 사라지니까
되게 막 조용하고 좀 허전하고 그렇다, 그죠?

글쎄…
난 조용하고 좋은데.

그렇게 보지 마세요.
그 눈빛 그거… 꼬시지 마시라고요.

은봉희 아니야.
난 그냥 본 거야, 이렇게.

만약에 내가…
변호사님한테
살인자를 변호해달라고 한 거면,
어떡하죠?

무죄추정의 원칙, 잊었어?
알리바이 거짓말, 딱 하나야.
찜찜한 건.

은봉희 너는… 정말… 드러워.
근데, 이뻐.

저, 일로 갚았어요.

그래 맞아.
일로 갚았어.
많이 컸어. 잘했어.

혹시…
잠 안 오시거나 그러면…

제가 옆에 있다고 생각…
하든지 말든지.

그냥 옆에 있어주면 안 되나?

안 돼요!

덕분에 늘 새로워.

재밌고.

만약…

내가 어떤 사건을 목격한 것도 모른 채 목격해서,

그것 때문에 희준이가 잘못되고

내가 그런 일을 겪게 된 거면

나도 희준이도… 너무 억울하잖아요.

내가 검사로서 직무유기했어.
내가 만약에 그때 찾았어야 했는데.
그러니까 내가 만약에 그랬더라면…

어쩔 수가 없다.
허구한 날 공사 구분 못하고 사과하고.
사수 평계로 들이대고 꼬시고.

아니야, 나 지금 공사 구분 너무 잘했어.

이거 공적 사과야.

공사 이미 너무 왔다 갔다 하고 있구요, 우리.

그래서… 제가 더 애태우려던 계획을 바꿔서 답할게요.

변호사님 고백에 대한 답, 하겠다고요.

고마워.

나… 마음 바꿨어요.
오늘 답 안 해줄 거야.
더 튕길 거구요.

그래, 좋아. 괜찮아. 그건 괜찮아.
근데… 너 얼굴이 안 좋아.

지금 내 걱정할 때가 아닌 거 같은데.

그러니까 은봉희 내 말은,
너한테 무슨 일이 일어났었는지 좀…
얘기를 해달라는 거야.

나 거절했다고,
내가 이 정도도 못하게 하는 거 아니지?

우리 같이… 그러니까…
서로 조금 솔직한 시간을 갖는 거 어때?
너랑 나랑 만약에 못한 얘기가 있다면, 같이 한번 해보자.
네가 싫다고 하면 내가 먼저 솔직할게.

싫어요.
지금은 다… 싫어요.
머릿속이 엉켜버렸거든요.
그게 정리가 되면 그때 이야기해요.

알겠어. 시간 줄게.
그때까진 공사 구별해줘? 그게 편하겠지?

그래, 그러자.

우리 모두는 누군가를 잃어봤다.
누군가는 가족을
누군가는 친구를
누군가는 연인을.

선인이건 악인이건 그 누구건
살면서 누군가를 잃어보지 않은 사람은
단 한 사람도 없다.

하여 삶은 잔인하다.

그렇다면 이 잔인하고 유한한 시간 속에서
어쩌면 참 짧은 이 인생에서
우리가 할 수 있는 건…

봉희야, 이제 그만…
이제 그만 나 좀 좋아해주라.

내가 기다려주겠다고 약속한 거
못 지켜서 미안한데…

지금 바로, 지금 당장
나 좀 좋아해줘, 봉희야.

아주아주

길고 진,

1일

07

넌 지금 정현수라는 사고를 당한 거고,
나는 이 사고를 너랑 함께, 겪어낼 거야.
네가 날 밀어내도 이건 마찬가지야.

그러니까 선택해, 은봉희.
이 모든 일들을 따로따로 겪을래,
아니면 함께 같이 겪을래.

나는…
너랑 같이 겪고 싶어.

밤새 생각해봤는데 저 그냥 뻔뻔해지려구요.

인생 뭐 있어요?

그냥 이기적으로 내가 원하는 대로 사는 거지?

오늘부터 그거 하자고요.

1일.

우리 사귀자고요!

어쭈.

일루 와.

1일 기념은 여기까지!

봉희야! 은봉희! 나 보호자예요, 보호자!

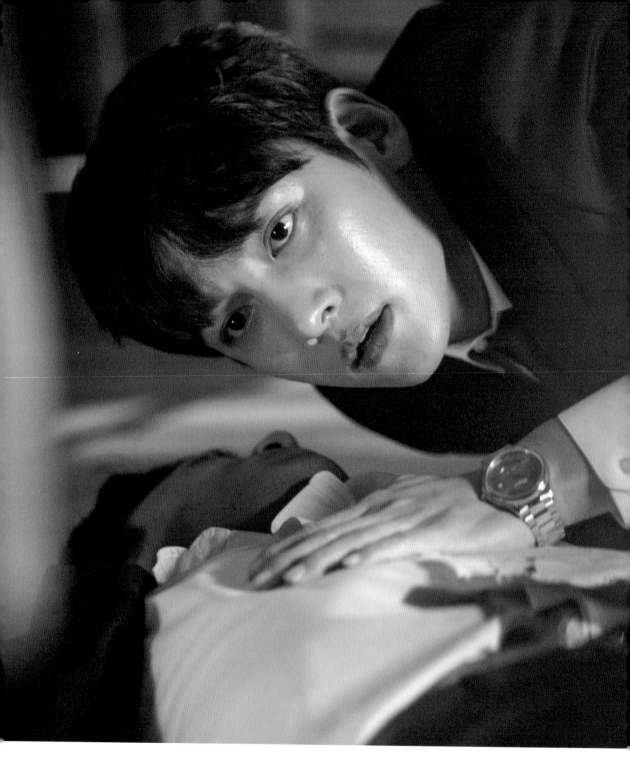

은호 형, 은호 형 미안해요.

⋯아무짝에 소용없는 사과.

내가⋯
내가 조금만⋯ 조금만 더 일찍 왔었으면⋯
내가⋯
내가 조금만 더 일찍 왔었어야 되는데⋯

⋯아무짝에 소용없는 후회.

형, 죽지 말아요⋯ 죽지 말아요⋯
은호 형, 미안해요. 제발⋯

꼭… 괜찮을 거예요.
다 괜찮을 거야.

잘못되는 줄 알았어.
맥박도 안 느껴지고… 숨도 안 느껴지고…
정말로 잘못되는 줄 알았어, 나는.

방 계장님… 아무 일 없을 거예요.

다 괜찮을 거야.

그래야지.
그래야지. 그럴 거야.

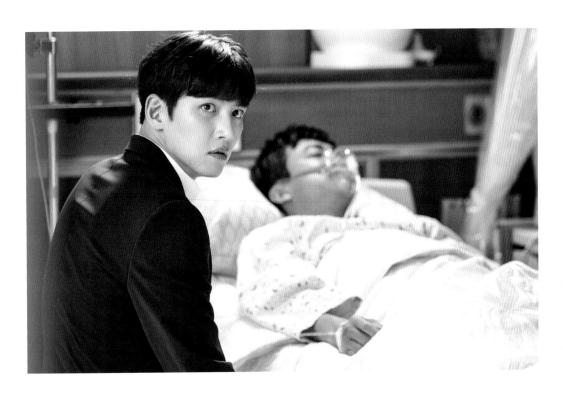

뭐든 찾아내.

뭐가 없으면?
보통 치밀한 놈이어야지.

만약에… 만약에 뭐가 없으면,

만들어내야지.

정현수 지문이 묻은… 흉기.

우리⋯ 네 탓 내 탓 이런 거 하지 말자.
특히 자기 탓, 이런 거.

나만 후회하는 줄 알았는데⋯
나만 자책하는 줄 알았었는데⋯

고작 2일이에요, 우리 아직.

2일?

방 계장님 누워 있던 동안은 빼야죠.
실질적으로 아무것도 못했는데.

아, 맞네.
우리가 실질적으로 아무것도… 못했네.

마음고생 진짜로 많았어요, 변호사님.

마음고생 진짜 많았지.
계속 변호사님이라고 부르는
여자친구 때문에.

그러면 어떻게 해요?
하루아침에 막 호칭 바꿔 불러요?

응.

자기야!
…어? 웃을라 그랬어.

아니야~ 나 안 웃어~

그럼 계속 해볼까요?
자기야!
…웃었어!

아니야, 진짜 장난이야.

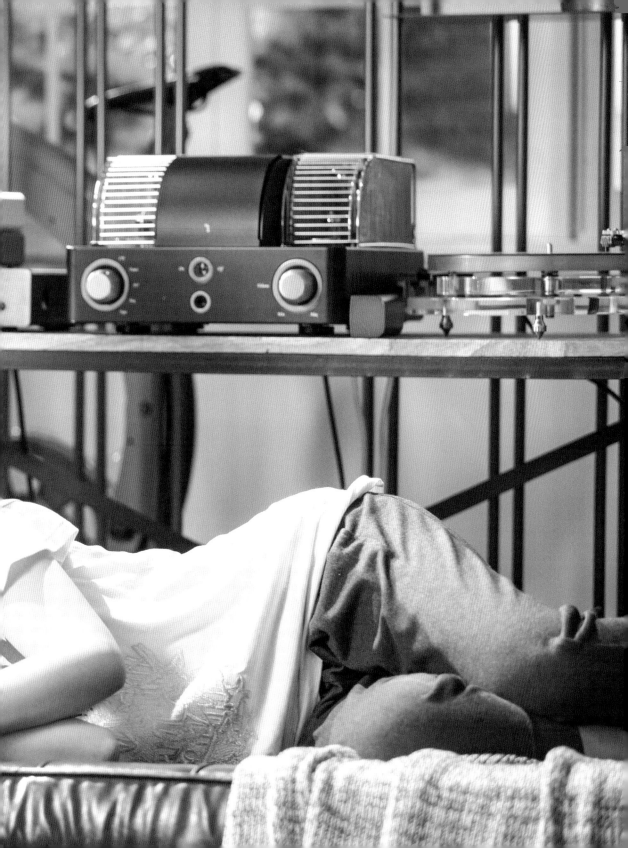

누구의

잘못도 아닌…

잘못

08

은봉희하고는…
아무런 상관없는, 일이잖아요. 그죠?

은봉희하고는…
정말로 아무런 상관도 없는, 일이잖아요.
방 계장님. 그죠?

뭐가 그렇게들 걱정이세요?
총각 주제에 늙은 애 넷 키우다가
배에 칼빵이나 맞아서
술도 못 먹고 사이다나 마시고 있는 내 앞에서.
인생 뭐 있다고 그렇게들 힘들어?

우리… 절대로 헤어지지 말자, 봉희야.
내가 어디 가라고 해도, 가지 마.
우리는… 우리만 생각하자.
나 떠나지 마, 알겠지?

돌이켜보면, 어떻게 몰랐을까.
힌트는 넘치고 넘쳤는데…

왜, 알아채지 못했을까.

너는 지금…

뭘 하려는 걸까.

유예.
단 한 순간, 단 한 걸음이라도 늦춰보려는
부질없는 노력.

우리… 헤어져요.

내가 말했을 텐데. 공사 구분하라고.
일… 너무 쉽게 내팽개치지 마.
저기 있는 은변 네 자리, 우습게 생각하지 마.
네가 신뢰하고, 너를 신뢰해주는 사람들, 쉽게 저버리지 마.

그치만 이런 상황에서 아무 일 없던 것처럼 일하는 게,
쉽진 않거든요.
변호사님도 쉽지 않을 거예요.

아니야. 너 지금 주제넘어.

그건 내 문제야. 내가 알아서 할게.

그러니까 은봉희 씨는…

은봉희 씨 문제만, 신경 써.

내가 휴가 줄게.

좀 쉬는 동안 합리적으로 이성적으로 한번 생각해봐.

나도 생각해볼게.

이게 내가 해줄 수 있는 최대한의 양보야.

이거… 꿈… 아니었으면 좋겠다.

그래, 이거 꿈 아니야.

야, 욱아.

너 은변이랑 왜 그래?　　　　　야, 너 주제넘어, 지은혁.

오늘은 주제 좀 넘으려고.

헤어지지 마.   안 헤어졌어.

너 헤어지면 안 될 거 같아서 그래.   …아직은.

잘 잤어요?

                                          응. 뭐. 덕분에.

몸은 좀 어때요?
칼 맞고 꿰맨 데는 괜찮나?
좀 봐도 돼요?

                                          안 돼. 지금 엄청 흉해.

                                          안 돼. 절대 안 돼.

에이~ 흉하기는.
그래도 이쁘고 섹시하기만 할 텐데.

…죄송해요. 제가 공사 구분이 잘…

아니야. 괜찮아.
좋은데 뭐.

이러면 내가 못 참겠잖아.

울 아빠 문제 생각해봤는데…
내가 나빴어요. 너무 모질었어.
나쁜 건 변호사님이 아니라
어린 노지욱을 세뇌하고 이용했던 장무영 지검장인데…
당신도 피해자일 뿐인데…
알면서도, 변호사님한테 화풀이했어요.
미안해요.

아니야.
미안해하지 마.

너희 아버지는 나를 구해주셨으니까.
그리고… 나를 구하고, 우리 부모님을 구하려다가…
잘못되셨으니까.

그건 누구의 잘못도 아니에요.
나… 변호사님한테 빚, 엄청 많잖아요.
검사복 벗게 하고, 정현수 만나게 하고, 칼 맞고,
취직시켜주고, 먹여주고, 재워주고…
와… 진짜 끝도 없다.

그러니까, 우리 서로 갖고 있는 빚, 퉁쳐요.
그냥… 아무 일 없던 때로, 맨 처음 만났던 때로,
돌아가요.

아~ 좋아.
그래, 그러자.

응. 그래요.

일상으로의⋯

초대

09

왤까요?
짜장면은 이상하게 여기서 먹는 게 제일 맛있어.
어디에서도 이 맛이 안 나요.

그럼 짜장면 먹고 싶을 때마다 오면 되잖아.

그럴까요?

정현수는…

같이 잡자.

내가 검사고 네가 변호사고 이런 거 상관없이,
정현수는… 우리가 잡자.

네 도움, 아니, 모두의 도움이 필요해.

야, 정현수.
너잖아?

야, 너잖아?

문득 떠오르는 기억들.
수사 검사 대 살인 피의자로 법정에 마주 섰던 당신과 나.
당신이 내게 내린 징역 15년의 구형.
그리고… 날 구원해주던 당신.
그리고… 그런 당신에게 반한 나.

그러고 보면 그날 이후 내 삶은
당신에게 반하고, 또 반하던 날들이었어.

무슨 일 터질지, 안 무서워요?

아, 몰라 몰라.
터지라 그래. 나는 상관없으니까.

어떻게 이렇게 직진이에요?

그냥… 너랑 헤어지는 게 더 무서워.
나는 그게 제일 무서워.
그러니까 빨리 대답해.
어떻게 할래, 우리.
사귀어, 말어?
말어?

사귀어요.
뭐 까짓 거. 무슨 일 터져봤자 헤어지기밖에 더 하겠어요?
사귀어요.

용건 없는 전화로 온 밤을 기쁘게 지새우고,

만나는 순간 헤어짐이 아쉽고,

내가 너이고, 네가 나인 것만 같은 더할 나위 없는 하루하루.

미처 몰랐던 서로의 모습들에 당황하고,

너무나도 사소한 일들로 다투고,

언제 그랬냐는 듯 함께하는 평온한, 선물 같은 일상들.

바라건대,
부디 바라건대…
우리의 이 평범하고 보잘것없는 일상들이
…계속되길.

정말 다행이야.
당신을 만나서.
너를 만나서.

making photo

장난치
지
욱

귀엽지봉희

노 앤 지 앤
변 앤 은 앤 방

바람직한
브로맨스

우린 제법 잘 어울려요

이 미모
실화냐?

이미 졌다 부러우니

내 심장
어레스트

모두가
열일한
다

출연

지창욱 남지현 최태준 권나라 이덕화 남기애 김홍파 윤복인 동하 장혁진

김예원 허준석 심은우 진주형 최홍일 김기남 장원영 조승연 오한결 최명빈

기획 박영수 **극본** 권기영 **연출** 박선호 정동윤

기획 프로듀서 이슬기

프로듀서 이성훈 이옥규

마케팅총괄 장기웅

캐스팅총괄 이영준

촬영감독 이길복

포커스플러 이천근

촬영1st 김기영

촬영팀 김민웅 배정용 김민하

B팀 촬영감독 송요훈 전제훈

B팀 포커스플러 손홍락 유정훈

B팀 촬영1st 김혁진 송영진

B팀 촬영팀 박종현 이은미 김진영

장비팀 정성영 온대균 김민성

B팀 장비팀 황명동 김승량 김예담

조명감독 최종근

조명1st 정연춘

조명팀 이수만 홍윤현 권일율 김종민

B팀 조명감독 이준식

B팀 조명 1st 정우람 손재윤

B팀 조명팀 이민현 김대환 김민철

발전차 손신석 권문호 김성현

동시녹음 구자권

동시팀 박진규 김윤희

B팀 동시녹음 전명규

B팀 동시팀 마영식 이하은

미술감독 노상순

세트디자인 김보영 이성경

의상디자이너 김민경 송지현

의상 박세훈 이향봉

팀코디 최성은

의상차 이봉제

분장 김은정 김영환 김미호

미용 이승현 서수민

아트텍 소품 박성진

아트텍 인테리어디자인 이선희

대도구 김화철 김형관 김경대 김정원 홍성대
　　김국태 조종현

소품팀[지니어스]
주동만 윤정희 신주호 김준용

인테리어[지니어스]
이인용 황소현 김고은 오승연 김차영

푸드스타일리스트 이정연

작화 손상운 김덕현

전기효과 김동열 오영일 황재철

미술개발 이요섭 강성구

세트협력 아트원 신세계

미술행정 최연현

특수효과[DND LINE] 도광섭 도광일

무술감독 박현진

무술지도 김민호

무술팀 김태야 최지명 염정민 김용진 김원중

아역캐스팅[배우마당] 김은애 황세연

보조출연 이정훈 남선우 김동찬

편집 김미경 이상록

편집보조 구희정 권효진 한이슬 신헬렌

CG 이준석 소은석 김원일 INU COMMA

색보정 한종우

자막 김종훈

종편자막 최호진

더빙[Ambient studio]

Sound Supervisor 조계환

Sound Editor 김형태 조은영 김소연

효과 김용배 오호영 변정구 도환진 박현일

음악감독 남혜승

음악효과 서성원

종편 한광만

[SBS]홍보 이일환

홍보사진 옥정식

SNS홍보 박세화

[SBS컨텐츠허브]웹기획 권민아

웹운영 김인혜

웹제작 김비치

현장스틸 김하나

메이킹촬영 유가람

버스[동백] 박광렬 허명범

카메라봉고[건아렌트] 유성목 권임상 김남철

연출봉고 김용구 김동현

분장차 장현석

소품차 이한

렉카 임삼수

캘리그라피 김덕수

포스터기획[VanD] 이용희

포스터사진[스튜디오집] 김다운 이준영

대본인쇄[슈퍼북] 김주형

홍보[스토리라임] 조신영 왕지경 박민

법률자문[법무법인 강남] 이형준

의학자문[우림영상의학과] 박준용

스토리작가 권도환

보조작가 김다듬 이혜인

제작 프로듀서 이수범 진소라 홍원주 이응준
　　　　　김지윤 양희주

마케팅 프로듀서 권라나 김준경 이소진

캐스팅 프로듀서 서균 홍민희 박예희

데이터매니저 정현주 조민하

섭외 성상배 김태경 박준수 한하늘

SCR 이경미 신지혜

FD 최익권 이관호 오승현 김명식 이수현 김형락

내부조연출 김윤희

외부조연출 고은호

조연출 함준호 김재홍

PHOTO ESSAY
수상한 파트너

초판 1쇄 발행 2017년 8월 10일 초판 3쇄 발행 2021년 2월 10일

지은이 SBS「수상한 파트너」제작팀
펴낸이 연준혁

출판부문장 이승현
편집 1본부 본부장 배민수
편집 7부서 부서장 최유연
편집 최유연

펴낸곳 (주)위즈덤하우스 출판등록 2000년 5월 23일 제13-1071호
주소 경기도 고양시 일산동구 정발산로 43-20 센트럴프라자 6층
전화 031) 936-4000 팩스 031) 903-3893 홈페이지 www.wisdomhouse.co.kr

ⓒSBS「수상한 파트너」제작팀, 2017

ISBN 978-89-5913-535-6 03810